원작 옐언니

유튜브와 틱톡 채널을 운영하는 크리에이터 옐언니는 밝고 명랑한 영상으로 어린이들에게 많은 사랑을 받고 있습니다. 유튜브는 약 440만 팔로워를, 틱톡은 약 1,390만 팔로워를 보유한 명실상부한 '초통령'입니다. 〈옐언니 옷입히기〉 모바일 게임은 200만 번 다운로드 되기도 했습니다.

유튜브 채널인 [옐언니]에서는 '트렌드 리뷰', '숏폼 공감 상황극', '별난 간식' 등의 콘텐츠로 극강의 텐션과 귀여운 매력을 보여 주고 있습니다.

 글·그림 박경은

만화가로 활동하며 만화잡지 〈파티〉에 '큐어티의 보물', '트윙클' 등을 연재하였습니다. 제2회 대한민국창작만화 공모전에서 '천야연가'로 장려상을 수상했습니다.

펴낸 책으로는 [예씨 금손 똥손] 시리즈, 《상큼발랄 혜지의 비밀일기》, 《깜찍발랄 은비의 오디션》 등이 있습니다.

인스타그램 주소 https://www.instagram.com/metel0911

 감수 샌드박스네트워크

최근 각광받고 있는 MCN 업계의 선두주자. '크리에이터들의 상상력으로 세상 모두를 즐겁게!'라는 비전을 가지고 크리에이터가 자신의 창의력과 능력을 마음껏 발휘하는 디지털 문화 생태계를 조성하고자 합니다. 대표 크리에이터로는 '옐언니', '민쩌미', '탁주 쪼꼬'가 있습니다.

대원키즈

등장인물 소개

옐언니

본명 최예린.
너튜브 30만 구독자를 가진
초등학생 크리에이터.
엉뚱한 상상력으로 구독자들에게
즐거움을 주고 있다.

러블리씽

본명 이민지. 옐언니 너튜브 채널의 구독자.
자신감이 없어 항상 구부정한 자세로 다니지만
노래 실력만큼은 최고다.

은우

본명 정은우.
데뷔 예정 아이돌 그룹의
1군 연습생이다.

안티팬

옐언니 채널 구독자이지만
주로 악플을 단다.
성공할 것 같은 신인 아이돌을
찾아다니는 것이 취미다.

매니저

옐언니의 매니저.
옐언니의 컨디션과
일정을 관리한다.

스타일리스트

옐언니의 스타일리스트.
옐언니에게 코디네이션과
메이크업을 해 준다.
매니저와 함께 언제나 든든한
옐언니 편이다.

차례

♥ᵢ 만남은 운명!

어윽-. 닭살…. 약간 현타 와요, 여러분.

자, 이 모습을 열심히 촬영해 보세요! 보정은 필수!!

@서정예린 너무 예뻐

시정 └ 답글 2개

@dda**wo 1일 전
옐언니 오늘도 좋은 하루

@user-x4-**gskt 1일 전(수정됨)
언니~ 두 번째 사진이 레전드에

@dara_**345 2일 전
진짜 아이돌 같아요 엄마한테 혼남

누나 바람무...

정말 여신 같아요. ♥

사랑해요

바람이 너무 센가? 앞머리 엉망이네.

하하하. 여신이라니. 일단 감사해요. 어웃~. 여전사가 더 어울리지 않나요?

이만 꺼도 되겠다.

휘잉

달칵

10

촬영 스튜디오 갈 필요 없이 집에서도 충분히 아이돌처럼 촬영할 수 있다고요.

여러분, 사진 찍어 보셨나요? 아흥~. 나도 우리 집에서는 아이돌이 될 수 있다!

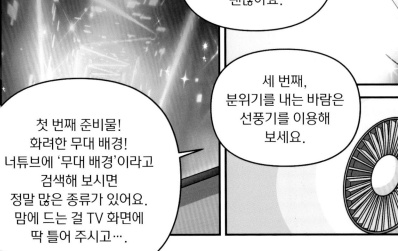

두 번째, 조명! 집에 있는 스탠드를 비스듬히 세우거나 핸드폰 조명을 이용해도 괜찮아요.

세 번째, 분위기를 내는 바람은 선풍기를 이용해 보세요.

첫 번째 준비물! 화려한 무대 배경! 너튜브에 '무대 배경'이라고 검색해 보시면 정말 많은 종류가 있어요. 맘에 드는 걸 TV 화면에 딱 틀어 주시고….

정말 멋진 아이돌처럼 보이죠? 호호호.

사진이 나왔어요. 우와~. 사진이 정말 아이돌이 서 있는 것 같아요. 특히 손을 뻗은 이 사진.

같이 표정 지어 보아요. 치~즈.

아이돌은 자신감이 생명이죠. 예쁜 옷보다 자신감 넘치는 표정이 중요해요.

예쁘다, 옐언니….

인기도 많고….

나도 이렇게
멋졌으면….

부러워….

메이크업 받고
예쁜 옷 입고
세련된 안무까지
완벽하게 소화하는
아이돌이 되어….

와아아

와~

무대 위에 서서
내 실력을
보여 주고 싶어….

그런데….

꾹

NouTube

그럴
자신이
없어.

하루 종일 방에서 너튜브만 볼 거야?

어젯밤에 잠도 늦게 잔 것 같던데.

숙제는 해야지. 이게 내 현실.

학원 숙제 이제 하려고 했어요.

옐언니 스튜디오

이번에 찍은 아이돌 사진, 진짜 반응 좋네. 뮤직은행 방송인 줄 알았다고.

히히. 기획 제가 한 거잖아요. 상 주세요~.

옐린이들 이렇게 응원을 해 주니, 내가 더 더 더 잘할게~.♡♡

○님, 아이돌 따라 하기, 학예회 우리 조 발표로 인기 폭발이었어요. 니 언니 너튜브 아이디어 고예요. 영원히 언니 팬 할 거예요. 사랑해요~.

@Doisgrain
옐언니 너무
👍 816 👎
└ 답글 26개
@user-sh
옐님 오늘
항상 웃

아이돌 기획 편은 항상 반응이 좋은 것 같다.

@Lo

15

하아~.
이런 댓글
너무 맘 아파.
히잉.

@Lovely_sing

그런데 딱 하나 잘하는
있어요. 그건 노래 부르
예요. 제 꿈이 아이돌
가수거든요.

👍 18 👎 답글

휴우~.

다행이야.
그나마 긍정적인
생각을 하고
있어서.

엥?
이제는 울고 있네.
배 안 고파?

내 꿈은
가수예요.

가수….

하~. 답글 잘 안 쓰는데….

톡톡… 톡…

🔒비밀댓글입니다.

옐언니 ✅
구독자 30만명

구독

Lovely_sing 님 제 꿈도 아이돌 가수였어요. 그래서 Lovely_sing 님의 맘을 너무 잘 알아요. 힘내요~. 이번에 구독자 30만 축하 팬 미팅 개최하는데 Lovely_sing 님께 젤 먼저 알려 줄게요. 꼭 와 주세요. 그럼 저에게 큰 선물이 될 것 같아요.

괜히 오지랖 부린 것 같지만….

짜장면 시킬까?

네!

왠지 러블리씽 님을 꼭! 한번 보고 싶어.

러블리씽 님에게 도움이 되고 싶어. 누군가에게 희망이 되는 것, 이게 내가 너튜브를 하는 이유이기도 하니까.

옐린이들~.
오늘의 퀴즈 타임,
마지막 퀴즈 쪽지
펴겠습니다.

네!!

매콤한 질문이
많아서 좀 힘들었지만
끝까지 힘낼게요.

옐언니,
너무 예뻐요.

언니, 진짜
솔직히 말해 주세요.
요새 살이 조금
붙었죠?

으윽!

하하
하하

하양~. 너무해.
요즘 열심히
촬영하느라 약간
부은 건데….

너뿐이야~
옐언니 ♥ 사랑해

19

이번엔 옐언니가 정말 정말 기다린 코너~. 꺄악~.

옐린아~, 나의 소원을 들어줘.

옐언니가 추첨함에서 번호가 적힌 공을 뽑고, 뽑힌 번호의 옐린이가

옐언니의 소원을 들어주는 거예요.

미션 쪽지는 공 안에 들어 있고요. 미션 후에 옐언니 굿즈를 선물로 드릴게요.

어, 추첨 번호는….

17번! 17번 어디 있나요?

25

연예 기획사에서 연락이 왔다고? 대박이네.

제목을 "아이돌 지망생, 그녀가 알고 싶다."로 바꿀까?

그, 그건 좀….

진짜 아이돌 하고도 남을 만큼 실력이 프로급이야. 아니, 웬만한 아이돌보다 더 잘해.

그런데 자신감이 없어. 시선도 제대로 못 맞추고, 고개 숙인 모습도 안타까워.

네, 저….

좀 더 당당하게 어깨를 펴고 자신을 뽐내면 좋겠어, 러블리씽 님.

경말 속상하다고

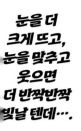

눈을 더
크게 뜨고,
눈을 맞추고
웃으면
더 반짝반짝
빛날 텐데….

이렇게!
반짝반짝!

옐마법을
걸어야겠다.

아하

내가 분명
수 있는 게
을 거야.
기를 주고
싶어!

그래!
결심했어.
러블리씽 님을
변화시키기로.
일명 옐언니
러블리씽
프로젝트!

러블리씽을
러블리 아이돌로
만드는 거야!!

29

옐언니의 뷰티 파우치

바르게 걷기만 해도 자신감 UP!

구부정하게 걸으면 자신감도 없어 보이고 몸에 긴장감을 주어
점점 자세가 나빠지고 소화도 잘되지 않아요.

1. 고개를 45도 각도로 들고 앞을 바라봐요.
2. 모델이 된 것처럼 가슴과 등을 쭉 펴요.
3. 다리를 쭉 뻗는 느낌으로 내딛고, 걷는 폭을 조금 크게 해요.
4. 발은 뒤꿈치, 발바닥, 발가락 순으로 땅에 닿도록 해요.
5. 손은 가볍게 주먹을 쥐고 팔을 앞뒤로 살짝 흔들어요.

물을 잘 마시면 피부가 좋아져요

물을 잘 마시면 피부가 좋아지는 건 물론 건강도 좋아져요.
똑똑하게 물 마시는 방법을 알아보아요.

1. 아침에 일어나자마자 마셔서 밤새 빠져나간 수분을 보충해요.
2. 밥 먹기 20분 전에 물을 마셔서 폭식하는 것을 예방해요.
3. 따뜻한 물을 마시면 몸이 따뜻해지고 혈액 순환이 잘되어
   몸에 노폐물이 쌓이는 것을 막을 수 있어요.
4. 목이 마른 걸 느낄 때는 이미 몸에 수분이 부족한 상태라고
   해요. 수시로 알맞은 양의 물을 마셔요.

때에 맞게 옷을 입어요

기온이나 날씨, 그날의 일정에 따라서 옷을 입어야
체온을 유지하고 건강하게 지낼 수 있어요.
얼룩 없는 깔끔한 옷을 바르게 입는 것은 기본이에요.

1. 날씨에 맞게 옷을 입어요. 비가 오는 날에는 긴 치마나 통이 넓은 바지는 피하는
   것이 좋아요. 치마나 바지 끝이 비에 젖어 무거워지고 버스나 지하철을 탈 때 걸
   릴 수가 있거든요. 또 비가 오면 날이 흐려서 잘 보이지 않으니까 노란색 같은 밝
   은 색깔의 옷을 입어요.

2. 활동에 맞게 옷을 입어요. 운동을 하면 땀이 나니까 바람이 잘 통하는 면 소재 옷
   이나 땀 흡수가 잘되는 특수 소재 옷을 입는 것이 좋아요. 또 움직이기 편하도록
   잘 늘어나는 스판덱스 섬유가 들어간 옷이 좋아요. 신발은 발이 편하도록 운동
   화가 좋겠죠?

3. 알맞은 속옷을 입어요. 여름옷은 얇아서 속옷이 비칠 수 있어요. 그러니까 옅은
   색깔이면서 땀을 잘 흡수하고 바람이 잘 통하는 옷감으로 만든 속옷을 입어야 해
   요. 겨울에는 보온이 잘되도록 내복을 입어요.

여름 옷차림

겨울 옷차림

운동할 때 옷차림

2
아이돌 도전 선언

@옐언니✱✱ 투어
진짜 재미있었어요. 그런데 영상에 노래 부른 사람 누구예요? 가수예요? 😊
👍 4 👎 답글

@김✱✱_bsgi
러블리씽이라는 분이에요. 옐언니 💛 한 번 더 초대해 주세요.
답글

@Elli✱✱✱-fke
옐언니 선물 코너 노래 부른 분 누구예요 완전 대박.
👍 21 답글

J @

다희

@송✱✱-hohoho
언니 너무 예뻐요
답글

둥…

러블리씽 님

저도 팬 미팅 후에 러블리씽 님이 정말 궁금해서 이메일을 보내게 되었어요. 우리 한번 만나요.

정말 궁금해하는 친구들이 너무너무 많았어요. 댓글이 아직도 엄청 달리고 있어요, 러블리씽 님이 누구인지.

그날 받은 연락처로 메시지도 주고받고 해서, 드디어!

하 하 하

비 장

이렇게 만나게 되네요. 하하하. 러블리씽 님! 그동안 잘 지냈어요?

다시 만나서 정 반가워용~. 설레 잠도 못 잤어

이 영상에
러블리씽 님도 소개하고 싶은데….
아이돌 가수 지망생이라고.
간단히 질문하고
답하는 것도 넣고.

팬 미팅
하이라이트
영상을
만들려고 해요.

어때요?
괜찮을까요?

그건 좀….
저, 사실은….

팬 미팅 후 민지네 집

와

와

와

응

클...

@gu**
노래 엄청 잘 부른다.
우와♥ 아이도

댓글도
엄청 달리고
어?

👍 1 👎
∨ 답글 1개

김 @선*_k
누구예요?
👍 2 👎 답글

이렇게 박수
많이 받기는
처음이야.
심장이 정말
터질 것
같았어.

@user-zk***o0012
한국에서 가장 건강한
아이돌이 될 듯. ㅋㅋㅋ
👍 👎 답글

@rof**-odl.9
좀 웃기긴 하디

!

역시 내가 아이돌이라니,
모두 비웃을 거야.

화

끈

추욱

현재

하지만 예쁜 아이돌이
얼마나 많은데….
이런 나를 사람들이
좋아할지….

사실 누구보다
아이돌 가수가 되고 싶어요.
팬 미팅 후에 그 마음이
더 더 커졌어요.

이 아인가?
아이돌 가수
지망생이라는 애가.

엥?
아이돌 가수
지망생?

얼굴 가린 거 보니
자신이 없나 보네.
용기가 대단하네. 풉!

@arc***72
정말 노래 실력 다...

@이 * 진-dif**
자신감 넘쳐 보이니 좋아요.

@FL*WER-*s
귀여울 지도...

@user-***7
아이돌 하기엔 다이어트해야겠다.

우리나라 아이돌 기준이 너무
력이 우선이지 😊

피부가 안 좋은가, 얼굴을 가렸네.

어…. 이건….

화

악

39

40

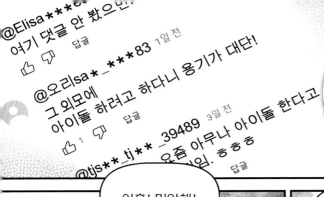

@Elisa***
여기 댓글 안 봤으면...
👍 👎 답글

@오리sa*_***83 1일 전
그 외모에
아이돌 하려고 하다니 용기가 대단!
👍 1 👎 답글

@tjs**_tj**_39489 3일 전
요즘 아무나 아이돌 한다고
...임. ㅎㅎㅎ
답글

일단 심한 악플이 있는 페이지는 넘어갔지만 반복적으로 올라와서 걱정이다. 민지가 안 봤기를….

어흑! 미안해!

팬 미팅 영상에 악플이 달려서 상처받은 건 아니지? 나 때문에 미안해.

역시 봤구나. 어흑.

아니야. 괜찮아. 늘 듣던 얘기인걸.

그렇게 말하지 마. 더 미안하잖아.

진짜 괜찮아.

41

세안 후 피붓결 정리부터 하는 거야. 안경은 벗고.

깨끗한 피부는 좋은 이미지의 첫 걸음. 화장솜에 스킨을 적셔 피붓결을 따라 닦아서 정리하고, 보습도 해 주고….

피부에 얇게 펴 발라 주는 거야.

피부톤 보정 기능이 있는 자외선 차단제를 퍼프에 동전 크기로 짠 후….

입술은 보습제를 바른 후에 립글로스를 발라 줄게. 안쪽은 짙은색으로 바르고 바깥쪽으로 점점 연하게.

컨실러로 여드름 자국, 잡티를 꼼꼼히 지워 주고.

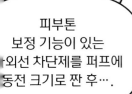

눈썹은 결을 따라 빗은 다음, 앞부분은 살려 주고 뒤로 갈수록 자연스럽게 아치형을 만들며 잔털을 눈썹칼로 정리해 줄 거야. 그다음 갈색 섀도로 빈 곳을 살짝 채워 줄게.

끝!
귀여운 머리
완성!

우와~

정말 예뻐!

역시 언니
실력 최고예요, 최고!

성공!
러블리
큐티 걸~.

이것 봐.
분위기가 확 변했어.
민지야, 정말 예뻐.
특히 눈이 예쁘다.

사실
나 잘 안 보여.
안경 써야 해.

47

이 사진 잘 나온 것 같아. 예쁘다.

이건 더 대박이야, 민지야.

민지야, 너의 쇼킹한 변신, 커뮤니티에 올려 보자. 나만 보려니까 너무 아까워.

반응이 좋을 것 같아. 내 촉이 엄청 잘 맞거든.

난 갑자기 용기가 어디서 생긴 걸까.

그럴까.

옐언니
@sisterye

홈 동영상 Shorts

미스터리소녀의 변신

미스터리 소녀의 대박 변신~ 이것은

예린이 덕분에 내가 변한 것 같아.

응원 댓글이 많아서 엄청 엄청 힘이 나지만 역시나 종종 보이는 악플은….

고마워, 옐린이들.

n @얍＊
그 덩치로는 아이돌은 어려울 듯… 요즘 아무나 아이돌 하려고 덤빈다니까. 어이없음
👍 👎 8 답글

태연한 척했지만 윽! 역시 마음이 아프다. 그래도 굴하지 말고 옐언니, 또 일보 전진!

맘에도 없는 가식적인 댓글 천지네.

화장발, 조명발에 예쁘긴 뭐가 예뻐?

탁

탁

쳇, 주제 파악 좀 하라고 한마디 올려야겠네.

탁

탁

탁

 옐쏀니의 뷰티 파우치
얼굴형에 따른 머리 모양

1. **역삼각형** - 끝부분에 볼륨을 살짝 줘요. 긴 머리, 웨이브 진 머리가 잘 어울려요.
2. **긴 얼굴형** - 머리 끝에 볼륨을 주고 앞머리로 이마를 가려요.
3. **둥근형** - 앞머리를 길게 길러요. 단발머리가 잘 어울려요.
4. **달걀형** - 어떤 스타일도 잘 어울려요. 목덜미가 드러나게 머리를 모두 위로 올려 묶으면 더 발랄해 보여요.

역삼각형

긴 얼굴형

둥근형

달걀형

 머릿결 관리하기

1. 상한 머리카락이 있으면 머리가 부스스해 보여요. 자주 머리카락을 다듬어서 상한 머리카락이 생기지 않도록 해요.
2. 빗질을 하면 모발이 건강하고 부드러워져요. 생머리는 굵기가 가늘고 촘촘한 형태의 빗으로, 웨이브 진 머리는 끝이 둥글고 굵기가 굵은 빗으로 빗어요.
3. 머리 감기
   - 감기 전에 빗질을 해서 먼지를 떨구고 엉킨 머리카락을 풀어요.
   - 미지근한 물로 머리를 적신 다음에 샴푸를 100원짜리 동전 크기만큼 손에 덜어서 거품을 만들어요. 손가락의 지문이 있는 부분으로 두피를 마사지해요. 물로 잘 헹군 다음 물기를 짜요.
   - 린스를 손에 동전 크기만큼 덜어서 문지른 다음 머리카락에 묻혀요. 두피에는 바르지 않도록 해요. 일주일에 한 번은 린스 대신 트리트먼트를 쓰면 조금 더 머릿결이 찰랑찰랑해지는 걸 느낄 수 있어요.
4. 머리카락도 자외선을 받으면 색이 빠지고 윤기가 없어져요. 머리를 감았다면 잘 말리고 외출해요. 모자와 양산으로 자외선을 막아 주세요.

헤어 액세서리

1. **헤어밴드**
   도톰한 헤어밴드는 얼굴이 작아 보이고 귀여운 느낌을 주어요.
2. **스크런치(곱창 밴드)**
   겉을 천으로 감싼 고무줄인 스크런치는 묶기만 해도 머리가 화려
   해져요. 고무줄 머리끈으로 머리를 묶은 다음 스크런치로 묶어 주
   면 잘 흘러내리지 않아요.

3. **핀**
   앞머리에 꽂으면 시야를 가리는 것을 막으면서도 귀여운 인상을
   줄 수 있어요. 머리를 묶고 머리 뒤쪽에 꽂아도 좋아요.

 체형 고민 맞춤 옷차림

1. **통통해요.** – 무늬가 큰 옷은 피하고 겉옷은 짙은 색이 좋아요. 조끼나 카디건을 겹
   쳐 입는 스타일이 어울려요.
2. **말랐어요.** – 밝은색 옷이 어울려요. 큰 무늬나 줄무늬, 체크무늬도 잘 어울려요. 상
   의에 리본이나 주름 장식이 있는 스타일이 좋아요.
3. **다리가 굵은 편이에요.** – 외투는 길이가 짧은 것이 좋아요. 짙은 색의 일자바지가
   어울려요. 치마 길이는 무릎까지 오는 것이 좋아요.
4. **팔이 굵어요.** – 7부 소매 옷이 좋아요. V라인의 티셔츠는 상대방의 시선을 목으
   로 돌릴 수 있어요.

3
건강하고 매력 있게

오늘 운동
완료~.

힘들었지만 개운해~.
기분 날아갈 듯~.

여기 센터에서
오디션 응모해서
합격한 애들이래.

우와
멋지
역시 다

은우라는 애는 경쟁률
엄청난 SG 기획사에 합격해서
이번에 데뷔 준비 중인 그룹에
들어갈 거래.

사진이 실물보다
엄청 잘 나왔네.
은우 정말 달라졌다.

씨익

60

EUN-WOO

아직 이르다 싶지만 노래 실력이 있으니까 여기에 포인트를 맞추는 거야. 한번 도전해 보자, 민지야.

프린트도 해 왔지롱~.

그래도 아직은 이른 게….

첨부터 잘하는 사람이 어디 있어. 오디션도 경험으로 쌓이는 거야.

민지가 딱 데뷔했을 때 오디션 10회 만에 합격! 이러면 끈기 있고 근성 있어 보이잖아 생각만 해도 멋져!

근성…. 그래.

예린이의 긍정적이고 적극적인 성격, 처음엔 당황스러웠지만 지금은 정말 좋다. 나에게 제일 부족한 부분이니까.

정말 멋질 것 같아.

198번 고객님,
주문하신 햄버거
나왔습니다.

네.

어!

어!
정은우.

최예린.

운동 일주일에 몇 번 나온 거야? 한 번 나온 것 같은데. 식단은?

또 굶거나 폭식 반복이지? 네 맘대로 할 거면 그만둬.

엄청 날씬한데도 혼나고 있어.

응.

예린아, 방금 연습생 언니 말이야.

날씬한데 왜 혼나? 걸그룹 하려면 더 말라야 하는 거야?

선생님 엄청 무섭더라.

거미 체형

아냐. 그 언니 몸무게 숫자에만 집착해서 무조건 굶어서 살 뺐나 봐. 운동을 안 하니까 근육량은 줄고 폭식해서 지방만 늘린 나쁜 체형이 된 거야.

예전에는 걸그룹 하려면 무조건 말라야 한다고 했지만 요즘은 마른 것보다 건강미가 있는 걸 팬들도 좋아해.

67

뭐?
지금 뭐라고 했어?
같이 운동하자고?

끄 덕

나 조금은
다이어트해야 할
같아서. 괜찮을

물론이지,
민지야! 대환영이야.
나 정말 좋아.
언제부터?

내일부터.

진짜? 좋아.
하하하.

혼자
운동하기 너무
지루했는데 솔직히
정말 기뻤다.

그렇게
민지와 함께
다이어트 운동이
시작되었다.

하나 둘

하나 둘

온몸의 근육을
쭉쭉 잘 늘여 줘야
안 다쳐.

하나 둘

쭉

민지야, 식사 준비 다 됐어?

난 준비 완료. 지금부터 내 식단 보여 줄게.

5대 영양소 중에 비타민, 무기질이 가득한 샐러드를 먼저 먹어서 포만감을 높이려고 해.

뼈 튼튼 칼슘을 보충하기 위해서 우유 한 잔에 치즈를 추가할 거야.

그리고 단백질은 닭가슴살 스테이크로 채울 거고….

탄수화물도 꼭 먹어 줘야 하는 필수 영양소니까

호밀빵에 땅콩버터를 발라 먹을 거야. 견과류는 좋은 지방이거든.

나도 영양소를 고루 넣어 식단을 차렸어. 여러 가지 나물에 생선구이, 콩밥, 멸치볶음. 우유.

우와~ 맛있겠다. 최고!!

그럼 잘 먹겠습니다.

그날 이후
민지와 나는 같이, 때로는
혼자 꾸준히 운동하고
식단 조절을 했다.

목표가 생겨서 그런가,
민지가 열심히 한다.
운동은 싫어한다고 했는데
정말 신기하다.

익숙하다
했더니
여기네.

우리 동네였
후후.

은우가
이 스포츠 센터에
다닌다는 정보를
입수함.

난 뜰 것 같은
신인 아이돌을 뜨기 전에
밀착 팬질하기가 취미지.
이럴 때 접근도 쉽고
의외의 약점도 발견할 수 있거든.
흐흐흐. 이러는 이유는,
재미있으니까.

민지야,
생각해 둔 곡은
있어?

응. 몇 개
생각해 놨어.

엇!
옐언니다.

옐언니 구독자. 주로 악플을 다는
일명 옐언니 안티팬.
이것도 재미로 하는 듯.

기 다니는 거야?
에 애는 본 적이
있는데….

뭐지, 쟤들은….

키 크다고 자랑하는 거야?

고마워.

쟤들 왜 같이 웃고 있는 거야? 우랑 왜 친한 거지? 질투나게….

옐언니, 안 그래도 맘에 안 드는데 남돌이랑 친해지려는 수작인가. 쳇.

러블리씽인가 딩인가 그런 애랑도 친한 거야? 그건 말이 안 되고.

암튼 뭔가 포착한 것 같기는 한데….

웰언니의 뷰티 파우치
건강한 생활 습관 만들기

지방 세포 수가 급격히 늘면 비만이 되는데, 늘어난 지방 세포 수는 줄지 않아요. 그래서 지방량을 줄여도 나중에 다시 비만이 될 가능성이 높아요. 비만의 주된 원인은 섭취하는 칼로리가 소비하는 칼로리보다 많은 거예요. 비만이 되지 않으려면 칼로리를 적당히 섭취하고 많이 움직여야 해요. 건강한 몸 만들기 장기 프로젝트, 함께해 봐요.

1. 잘 먹기

● 아침을 먹어요.

하루를 활기차게 시작하려면 영양가 있는 아침을 꼭 먹어요. 탄수화물, 단백질, 지방, 비타민, 무기질, 5대 영양소를 골고루 먹을 수 있는 식단이 좋습니다. 아침을 안 먹으면 점심을 많이 먹게 돼요. 우리 몸은 에너지(식사)가 들쑥날쑥 들어오면 에너지가 들어오지 않을 때를 대비해서 에너지를 몸에 저장해 두려고 해요. 그게 체지방이 쌓이는 거예요. 그러니 정해진 시간에 규칙적으로 먹는 습관을 들여요.

● 건강한 간식을 먹어요.

과자, 빵 대신에 견과류, 과일, 요거트를 선택하세요. 단, 식사 시간 사이에 적당한 양을 먹어서 다음 식사를 거르지 않도록 해요. 음료수에는 액상 과당이 많이 들어 있어 쉽게 살이 찌게 되고 단맛에 길들여지기 쉬우니 피하는 것이 좋아요.

● 음식 먹는 습관도 중요해요.

음식을 천천히 먹으면 포만감을 느끼게 되어 지나치게 많이 먹는 것을 막게 돼요. 너무 맵고 짠 음식은 위에 부담을 주니까 피하고, 늦은 시간에는 되도록 먹지 않는 것이 좋아요. 밤늦게 먹고 바로 잠을 자면 소화기 질환이 생길 수 있어요.

천천히 꼭꼭 씹어 먹어요.

2. 운동하기

운동을 하기 전이나 후에는 충분히 스트레칭을 해서 근육을 풀어 주세요. 그래야 운동할 때 다치지 않아요. 유산소 운동과 근력 운동을 한 다음에는 충분히 쉬어서 피로를 푸는 것이 중요해요.

* **유산소 운동** : 몸속의 지방을 없애 체중을 조절하는 데 효과가 있어요. 유산소 운동에는 걷기, 달리기, 수영, 자전거 타기, 등산, 줄넘기 등이 있어요.
* **근력 운동** : 근육의 크기를 키워서 탄력 있는 몸을 만드는 운동이에요. 아령 들기, 팔굽혀 펴기 등이 있어요. 근육량이 늘면 기초 대사량이 늘어 같은 활동을 해도 더 많은 칼로리를 소모해 비만을 예방할 수 있어요.

3. 잘 자기

자기 전에 잠자리에서 핸드폰을 보거나 게임을 하다가 늦게 자면 수면의 질이 떨어져요. 잠자리에서는 아무것도 하지 말고 바로 자도록 해요. 12세까지는 최소 9시간 이상, 13세 이상은 최소 8시간 이상 자야 키도 잘 커요.

4. 나쁜 습관 버리기

● 혹시 지금 짝다리로 서 있거나 한쪽 엉덩이로 앉아 있지는 않나요? 다리를 꼬거나 기대거나 누워서 TV, 핸드폰을 보면 혈액 순환이 제대로 되지 않아 몸에 이상이 생겨요. 항상 바른 자세로 앉는 습관을 가져야 해요.

● 한 자리에 오래 앉아 있으면 배에 살이 찌기 쉽고 혈관 질환이 생길 수 있어요. TV 시청과 컴퓨터나 핸드폰을 사용할 때는 30분마다 일어나서 움직이고 2시간 미만으로 하는 것이 좋아요.

4
연습, 그리고 연습

이 곡 안무엔 기본 댄스가 많아서 금방 배울 수 있을 거야.

오디션 곡은 걸프렌즈의 "어나더 월드". 희망적인 메시지의 슬로우 비트 댄스곡. 이제 안무 연습이다. 아이돌은 안무도 기본이니까.

아, 안무?!!

나, 춤은 한 번도 춰 본 적이 없는데….

으으…. 댄스…. 맘이 복잡하다.

뭘 그렇게 놀라, 새삼스럽게? 연습하고 오늘 운동은 패스하는 거야.

나도 잘 못하지만 아이돌 준비 경험이 있어서 기초 과정은 배웠거든.

걱정 마. 잘 기초적인 것만 할 거야. 디션까지 시간도 얼마 안 남았고.

스포츠 센터 유니폼 구입.

보는 사람 여기 있다.
연습한다더니
게임 중이네.

리듬 게임
하는 거 귀엽다.
찍어야지.

응?
예린이잖아.

민지도
있네.

연습 중인가.
나도 저 게임기로
연습 많이 했는데….
재미있게 하네.

댓글이 다 응원이네. 뭐 얼마나 달라졌다고 대단하다는 거야?

흠, 이제 이 분위기에 재를 뿌려 볼까.

멋져요 파이팅!! 👍

@uoncl★★★
긍정의 아이콘 러블리씽임! 대단해요. 옐언니랑 다이어트라니 부러워요~~ 💜💜
👍 1   답글

@mymy★
응원합니다. 😊
답글

@A_dk★
우리 집 앞이라 저 스포츠 센터 안에 있는 학원에 기획사 연습실이 있어서 남돌이 많이 보여요.
👍 1   👎   답글

@A_dk★
옐언니 그걸 알고 화제 만들려고 다니는 거 같아요.
남돌 연습실 바로 옆 P.T 룸에서 운동하던데
답글

@star★dff★
대박 옐언니 볼 수 있는 학원 다니다니 부럽~
👍 👎 답글

@이★진09★★
진짜 옐언니 보셨나요?
∧ 답글 1개

@A_dk★
네

@A_dk★
증거도 있어요. 인★그램에 우연히 찍힌 사진 있어요. 남돌은 프라이버시 위해서 모자이크 처리했어요.
👍 2   👎   답글

@서현09er★
인★그램 주소 혹시 알려줄 수 있어요?
👍 👎 답글

팔로잉 ∨

우와~. 갑자기 팔로워 수가…

A

46
게시물

246
팔로워

59
팔로

팔로잉 ∨   메시지

인★그램 팔로워가 엄청 늘었어. 갑자기!!

악! 무서워~.

흐흐흐. 옐언니 안티 생기겠다.

은우는 모자이크 처리했으니 문제 없겠지.

엇!

댓글이 왜 이러지? 여기 인★그램 계정의 사진 봤나 봐.

이 애, 은우 아니야?

매니저 오빠, 언니~. 안녕하세요.

정말 우연히 찍힌 스포츠 센터 #옐언

댓글
@h★ddoo★ 2시간
대박이네. 모자이크 처리를 저렇게 하다니.

@202★ 2시간
옐언니 좋겠다.

이번 주에 은우에게 특별 강의를 부탁했는데…. 이런 사건이 터져서…. 에잉~ 몰라!

은우야, Hi~.

어색

예린아, 오랜만. 민지도.

하 하 하

걸그룹 포인트 댄스 알려 준다고? 언제 걸그룹 댄스까지 배운 거야?

우 왕

댄스 기본기는 비슷해서 남녀 차이는 거의 없어. 그런데 걸그룹 댄스에만 쓰는 안무가 있어서.

춤선이 예뻐지는 손동작 안무 세 가지만 해 볼게. 필수거든.

손 안무….

차렷 STOP!

흐뭇

귀엽다.

찰칵 찰칵

흐흐흐. 많이 찍었다.

오늘 수업 끝~. 수고 많았어. 나는 연습이 있어서 이만.

차렷 STOP!

아~. 고마워, 은우야. 우린 시간 있어서 더 연습하다 갈게. 담에 봐.

위로 STOP!

은우야, 고마워. 오늘 너 정말 멋있었어.

담에 봐.

다들 너무 긍정적이시네. 치이.

@***ncl
저도 희망을 가져서 살 빼려고요.

@n***
정말 옐언니 영향력이 대단한 것 같아요. 우리 딸도 영향받아서 생활이 바뀌고 있네요. 감사해요 💜
👍 2   답글

n @*jdo*
털털한 척하면서 남자한테..ㅎㅎㅎ 옐언니 잘생긴 남자만 좋아함

그럼 참을 수 없지. 흐흐흐. 테러를 또 해 볼까.

탁 탁

오오. 반가운 악플 발견.

엇! 옐언니랑 러블리쌩인지 응원 댓글이 더 늘었네. 에잉~.

탁

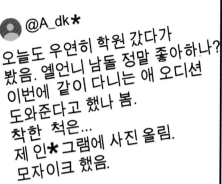

@A_dk✱
오늘도 우연히 학원 갔다가
봤음. 옐언니 남돌 정말 좋아하나?
이번에 같이 다니는 애 오디션
도와준다고 했나 봄.
착한 척은...
제 인✱그램에 사진 올림.
모자이크 했음.

그 안티팬 또 사진
올린 모양이네.
댓글이 장난 아니야.

정말 끈질긴
안티팬이네.

매니저
오빠, 언니~,
저희 왔어요.

어, 예린이 왔어?
민지도 왔네.

그래. 민지야,
말한 건 준비해
왔어?

네.

100

발음을 정확히 하는 건 기본이고….

발음.

말을 할 때 듣는 사람 (심사위원) 눈을 보고 말하기….

시선.

그리고 발성과 태도는 부드럽고 자신 있게!

발성.

그리고 특기가 있으면 소개에 넣어도 아주 좋아.

특기 넣기.

요즘은 자기소개 영상 찍어서 보내는 오디션도 많아서 영상을 준비하는 게 필수야.

네.

꾸벅

안녕하세요. 는 맑은 음색이 장점인 민지입니다. 나이는 열두 살, 00초등학교 5학년….

부족한 점이 많지만 될 때까지 도전할 거예요. 끈기가 저의 큰 장점이거든요. 기대해 주세요.

민지 오디션 10일 전. 보컬, 안무, 자기소개, 운동. 비록 완벽한 건 아니지만 최선을 다해 진행 중!

민지야! 화이팅!

별언니의 뷰티 파우치
진정한 아름다움은 자신감에서!

1. **자신감 갖기** – 자신감은 나를 사랑하는 첫걸음이에요. 자신감은 외모를 더욱 돋보이게 하지요.
2. **환하게 미소 짓기** – 늘 환하게 웃어요. 찡그린 얼굴이나 무표정한 얼굴보다 100배는 예뻐 보여요.
3. **내 장점 찾기** – 누구에게나 단점은 있어요. 하지만 너무 단점에 집착하면 우울해져요. 그보다는 자신의 장점을 찾아 가꿔 보세요. 훨씬 더 매력적인 사람이 될 수 있답니다.

누구나 알아듣기 쉽게 말하기

1. 입꼬리를 살짝 올리고 눈빛을 빛내며 밝게 미소 지어요.
2. 배 위에 두 손을 올리고 두 손을 밀어 낸다는 느낌으로 배에 힘을 주고 말해요.
3. 한 자 한 자 또렷하게 말해요. 모음에 맞게 입 모양을 확실하게 하면 또박또박 말할 수 있어요.
4. 목소리가 떨리는 것 같다면 크게 말해요. 단, 소리를 지르면 안 돼요.
5. 듣는 사람의 눈을 보며 말해요. 눈을 보기가 어렵다면 두 눈 사이를 보세요. 눈을 보지 않아도 상대방은 자신의 눈을 본다고 느낀답니다.

 잘 듣기

1. 말하는 사람을 보면서 긍정적인 생각으로 들어요.
2. 묻고 싶은 말이 있으면 말하는 사람이 말을 다 하면 물어봐요. 다른 사람의 말을 끝까지 들어야 공감한다는 신호를 줄 수 있어요.
3. 내 생각과 다른 이야기라면 부드럽게 내 의견을 말해요. "그렇게 생각할 수도 있지만", "아, 너는 그렇게 생각했구나." 등으로 말문을 열어 보세요.
4. 상대방을 비방하는 말을 하지 않아요.

5

드디어 오디션

댄스에 일가견 있는 아이돌 연습생에게 손동작도 배웠어요. 누군지는 비밀~.

요렇게, 요렇게….

여러분도 한번 따라 해 보세요.

러블리씽의 댄스 연습

은우가, 이렇게, 이렇게 하라고 했는데….

50% 정도 힘을 유지하고 힘을 줬다 뺐다 강약 조절을 하는 거야.

은우랑 함께 한 시간이 더 기억에 남아. (예린아, 미안.)

은우, 춤도 잘 추고 친절하고 잘 가르쳐 주고….

또 정말 멋진 것 같아.

엥 너무 해..

109

115

오디션장

네. 잘 들었어요.
특히 음색이
자신 있다고
했는데….

잘 안 보이지만
뭔가 분위기는 좋아 보여.
다행이야.

준비한 곡이
기대되네요.
곡명은 뭔가요?

'뉴에이지걸'의
"어나더 월드"를
준비했습니다.

네.
시작해 보세요.

네. 으음….

두근..

며칠 뒤
민지의 오디션
영상 업로드!

짠 잔

♡ 눈물의 오디션 ♡

[오디션] 너무 너무 감동적이었어요~
러블리씽 님의 오디션 현장

기획사에서
파일 받음.

또 봐도
감동이네.
ㅠ.ㅠ

@uo★★★
운동 엄청 한 듯. 대단
👍 1 👎 답글

@r★9★a
러블리씽 님 옐언니7
코디 한 거래요.
👍 2 👎 답글

@★★do★
스타일도 귀엽지만, 역시 노래 실력이 짱
👍 1 👎 답글

오디션
영상은 반응이
대박이었다!

@이★★★
헤, 메, 코 잘 어울리네요. 구매 사이트
아시는 분~
👍 👎 답글

@mymy★_*
멋있다.
👍 👎 답글

@star★
다음 오디션은 꼭 합
👍 👎 답글

특히 스타일
반응이 좋았다.
응원 글도
많았다.

옐언니 댄스
이야기도 많았다.

숏폼도
올렸어.

봤어. 편집
재밌었어.

하 하 하

민지의
아이돌 오디션
미션 성공!

프로필 사진
촬영 중.

자, 또 다른 포즈.
다리 위에
팔 올리고.
좋다.

찰칵

팬 미팅 겸 사인회를
판타지아 월드에서
할 거야.

오늘 찍은
사진으로 선물로 줄
굿즈 만들 거야.
귀엽겠다.

131
게시물

235만
팔로워

0
팔로잉

팔로잉 ∨

메시지

+요

은우 인★그램에는
공지 올렸나?
음….

어?

123

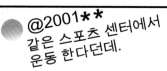

@2001** 같은 스포츠 센터에서 운동 한다던데.

@hye*
옐언니인지 뭔지
진짜 그렇다면 팬 미팅 안 감!

@par* 9*
아직 데뷔 전이지만 팬덤이
있는데 스캔들이 나다니….

어…
이 댓글들 뭐야?
꽤 있네.

팬 미팅
괜찮을까? 걱정이네
옐언니?!

혹시
그 유명한 어린이
너튜버 아니야?

네. 그런가
보네요.

그 오디션,
우리 기획사에서
한 거잖아.

얼마 전
업로드한 오디션
영상이 화제네.

네?

광고?!

옐언니의 뷰티 파우치
맑고 건강한 피부 만들기

1. 세수하기

아침, 저녁으로 얼굴을 깨끗이 씻어요. 저녁에 씻었으니까 아침에는 안 씻어도 된다고요? 노, 노! 자는 사이에도 땀이 나고 피지가 나와요. 피지는 기름이기 때문에 세안제를 써서 지워야 모공이 막히는 걸 막을 수 있어요. 선크림을 발랐다면 특히나 세수를 꼭 해야 해요. 세수를 한 뒤에는 피부가 건조해지는 것을 막기 위해서 로션을 발라 주세요.

2. 자외선 막기

흐린 날에도 자외선이 있어요. 구름 낀 날의 자외선 강도는 맑은 날의 약 50퍼센트 정도이긴 해요. 하지만 기미나 색소 침착 등을 일으키는 자외선 종류는 날씨와 상관 없이 내리쬐어요. 그러니까 외출 전에 얼굴, 목, 팔 등 햇빛을 받는 곳에는 꼭 선크림을 발라야 해요. 선크림은 종류에 따라 30분 전에 발라야 효과가 있는 것도 있으니까 제품 성분을 확인해 보세요. 간혹 피부가 민감한 사람은 선크림을 발라서 뾰루지가 생기기도 해요. 그럴 때는 선크림을 바르지 말고 병원에 가 보세요. 선크림을 바를 수 없을 때에는 양산과 모자를 써서 자외선을 막아요.

3. 손톱, 발톱 자르기

손톱을 자르지 않으면 물건을 집기도 불편하고 손톱 아래에 더러운 것이 끼기도 하기 때문에 위생상 좋지 않아요. 또 발톱이 길면 양말에 구멍이 나기도 해요. 손톱과 발톱이 길었다면 잘라 주세요. 자르기 전에 물에 불리면 자르기 쉬우니 목욕이나 샤워 후에 자르는 것이 좋아요. 손톱, 발톱의 크기에 알맞은 손톱깎이로 조금씩 잘라요. 손톱은 살짝 곡선으로, 발톱은 직선으로 잘라야 발톱이 피부 안으로 자라는 것을 줄일 수 있어요. 자른 손톱과 발톱은 쓰레기통에 잘 버리세요. 로션을 바르면 손톱이 깨지는 것을 막을 수 있어요.

4. 미소를 돋보이게 하는 깨끗한 치아 만들기

- 밥을 먹은 후에는 이를 닦아요.
- 단 음식은 충치가 생기기 쉽고 탄산음료는 치아를 약하게 만들어요. 설탕이 많이 들어간 음식을 먹었다면 바로 이를 닦고, 탄산음료를 먹은 다음에는 30~60분 후에 이를 닦아요.
- 색소가 강한 음료는 치아 색을 변하게 하므로 되도록 먹지 않아요.
- 치간칫솔과 치실을 써요.

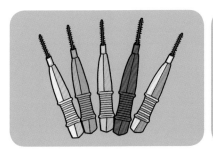

6

오늘도 앞으로 꼬고!

의상, 메이크업 마쳤죠?
오늘 촬영할 제품도
신어 주세요.

스카이런

check !!

귀여운 아이돌 지망생
러블리씽에게
어울리는 핑크런!

센스짱~
너튜브 크리에이터
옐언니의 톡톡 튀는
매력을 빛나게 할
스카이런!

네~

check !!

러블리씽은 핑크를
메인으로 헤드셋을 끼고
달리는 장면을 촬영할
거예요.

옐언니는 스카이블루를
메인 컬러로 해서 보드를
멋지게 타는 모습을
촬영하고….

보드!

핑크런

129

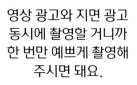
영상 광고와 지면 광고 동시에 촬영할 거니까 한 번만 예쁘게 촬영해 주시면 돼요.

운동화가 잘 어울러서 결과물도 잘 나올 것 같아요.

저도 스트레칭을 해야 할 것 같아요.

콘티 좀 더 읽어 보고, 보드 연습 조금만 해 봐도 될까요?

타 본 지 오래되어서….

드디어! 믿기지 않지만 민지와 광고 촬영 날. 두근거리지만 정말 설레고 기대가 돼.

네. 좋아요. 저희도 장비 세팅을 할게요.

어어어, 으악!

와르르...

아

아

로열 익스프레스 오픈 5분 전이다!

엇! 옐언니다! 왜 여기에….

아야….

아파.

괜찮아요? 다쳤어요?

많이 아픈가 봐.

앗! 피다! 피!

떡!

벌

툭

툭

고, 고마워요.
난 바빠서
이만.

푹!

응?

!

없다

천천히 찾아 봐요.
우린 이만 가야 해서.
저기 이거라도
가져갈래요?

없다!!

없어!!

지갑을 잃어
버렸나 봐!

지갑이 없다,
돈도,
교통카드도,
사인회 초대권도
들어 있는데!

은우 팬 사인회
우리 은우
만나러 가자!

이 사인회
맞죠?

은우 사인회,
나도 가고 싶었는데
오늘 다른 일정이 있어서
양보할게요.
부럽당.

네

민지야,
감독님이
부르셔!

후다닥

은우 팬 사인회
우리 은우
만나러 가자!

치, 너무
착하잖아….

홀쩍

드르르…

이대로
가면 돼.

르르..

좋아, 옐언니.
자세 좋네.

헛둘!
헛둘!

하나!
둘!

얘도 진짜
열심히 하네.
뭘 하는 거지?

화이팅!

뭘 하는 건지
모르겠지만
얘들, 너튜브로
보이는 것보다
더 멋진 게 확실해.
내 눈이
잘못된 건가….

띠릭
뚝.

@neo-✱d9✱
님, 오늘 판타지아,
안티 은우 모임
안 하실래요?
12시 정각에 00어드
벤처 앞으로 모이세요.
데뷔 전에 스캔들
이라니…

수고하셨습니다.

정말 멋있게 잘 나왔어요.

민지야, 너도 고생했어. 정말 잘했어. 우리 앞으로 더 열심히 달리자.

꿈 같은 하루가 지나고 또 다시 빛나는 아침이 왔다.

짝 짝

많이 피곤하지만 어느 때보다 상쾌한 아침이다.

아잉, 포근해. 좀 더 잘까…. 아니야! 씩씩하게 일어나라, 예린아!

146

148

그동안은
나의 이야기를 했다면,
민지 오디션을 도와주고서는
다른 사람을 빛나게 하는 것도
정말 행복하단 걸
깨달았어.

힌트 좀 주면
안 될까?

앗, 나도
너무 궁금해.

히히. 민지야,
내 채널에
앞으로도 종종
등장해 줄 거지?

물론이야.

햄버거
나왔어요.

우왕~
맛있겠다.

이제 또 다른
흥미로운
콘텐츠를
찾아서….

가슴은 설레게,
머리는 말랑하게,
옐언니의 상상력을
펼쳐 볼까!

별언니의 뷰티 파우치
마음 가꾸기

우리 몸은 기분을 따라가요. 그래서 마음 건강도 중요하답니다.
마음 건강을 챙기는 첫걸음은 마음을 들여다보는 거예요. 내 기분이 어떤지
생각해 보고 좋지 않다면 원인을 해결하려고 노력해 보세요.

1. 스트레스 관리

스트레스는 '팽팽히 죄다, 긴장하다'라는 뜻의 라틴어 'stringer'에서 온 말이에요.
스트레스 반응은 위험한 상황에 처했을 때 살아남기 위한 반응이에요. 방울 소리
가 울렸을 때 귀 기울여서 그게 진짜 방울 소리인지 아니면 방울뱀이 내는 소리인
지 파악했다가 재빨리 대처하기 위한 것이지요. 하지만 하루 종일 긴장을 하고 있
으면 너무 피곤할 거예요. 스트레스를 줄일 수 있는 방법을 알아볼까요?

- 스트레스를 받는 원인이 뭔지 알면 그걸 피하거나 줄일 수 있어요.
- 가족이나 친구에게 내가 스트레스를 받는 것에 대해 이야기하고 의견을 들어
  보아요.
- 명상이나 요가, 깊은 호흡을 하면 스트레스를 줄일 수 있어요.

2. 취미 생활

좋아하는 활동을 하면 마음이 풍요로워져요. 음악 감상, 그림 그리기, 요리 등 자신이 좋아하는 취미를 찾아 즐겨 보세요.

3. 긍정적인 마음가짐

긍정적인 생각을 유지하고, 자신을 격려하는 말을 자주 되새기세요. 주변의 응원을 받는 것도 큰 도움이 됩니다.

2024년 12월 10일 1판 1쇄 인쇄
2024년 12월 24일 1판 1쇄 발행

원작 옐언니
글·그림 박경은
감수 샌드박스네트워크

발행인 | 황민호
콘텐츠3사업본부장 | 석인수
편집장 | 손재희 책임편집 | 조명숙
디자인 | 디자인 쿠키 발행처 | 대원씨아이(주) www.dwci.co.kr
주소 | 서울시 용산구 한강대로15길 9-12
전화 편집 | 02-2071-2157 영업 | 02-2071-2066 팩스 | 02-794-7771
등록번호 | 1992년 5월 11일 등록 제3-563호

ISBN | 979-11-7288-714-8 73810

©옐언니. All Rights Reserved.
©SANDBOX NETWORK Inc. All Rights Reserved.

💙 SANDBOX

※ 본 상품은 ㈜샌드박스네트워크와의 정식 라이선스 계약에 의해 대원씨아이㈜에서 제작, 판매하므로 무단 복제 및 전재를 금합니다.
※ 잘못된 도서는 구입하신 곳에서 교환해 드립니다.

다른 옐언니 책도 만나러 GO GO!

▶ 옐언니 렌티큘러 코디북

옐언니 캐릭터 렌티큘러에 스티커를 붙이는 놀이북입니다. 3단 입체 플라스틱 렌티큘러 카드 1장과 다양한 의상이 담긴 코디 스티커가 3장 들어 있어요. 옐언니에게 어떤 옷이 어울릴까요? 스티커에서 의상을 골라 렌티큘러 속 옐언니에게 붙여 보세요.

여러 번 뗐다 붙이며 놀 수 있어요. 코디가 끝나면 렌티큘러 받침대를 만들어 전시도 해 보세요. 명함 만들기, 메모지 만들기, 종이 인형 만들기 등 여러 가지 만들기도 할 수 있답니다.

▶ 옐언니 메이크업 스티커 놀이 ♬♪

스티커를 붙여 캐릭터 카드를 꾸미고, 종이 메이크업 키트로 놀이하며 메이크업 아티스트가 되어 보세요.

캐릭터 카드 8장, 메이크업 놀이를 할 수 있는 종이 메이크업 키트 1장, 헤어, 눈, 액세서리 메이크업 스티커 4장이 들어 있어요.

▶ 옐언니 스티커 미니북

깜찍발랄한 옐언니 캐릭터 스티커가 가득 들어 있는 미니 스티커북이에요.

말풍선, 인덱스, 메모 등 활용 만점 스티커가 잔뜩! 러블리한 인테리어 템이 가득! 방 꾸미기 놀이도 함께 즐겨 보세요!